COUDRIN– l'enfant noir

AF367096

MISE EN GARDE

SEBASTIEN LE RET MUDOUME ET LK devient ARRIÈRE GRAND-PARENT

les livres de la collectiON
ENFANT NOIR peuve contenir

des scène de violence physiques
moral et séxuelles nous rappellon

au lecteur et lectrice que
cette collection et destiné

a 1 public majeur et responsable
la marque ENFANT NOIR et pas

 tenu responsable de vaux
achat et ne peut en
aucun cas être poursuivie

CHAPITRE 1 AUBERGE PALAUD

Allée les p'tit diables vous avez
3 minutes oui vous partez
pour 5 semaines à
l'auberge
PALAUD et après vous partez

à la montagne de la mort.
OUI je vous amène à
        l'auberge PALAUD ensuite

je vient vous récupérer

et je vous amenez a

 la montagne de la mort
tien p'tit diables numéro 2
                toi tu de tien tranquille sur
                        tous que tu ne
va pas
a la montagne de la mort
        uniquemment les encre noir

et les 2 p'tit diable
numéro 1 et 3 et oui
les gars vous aurez

pas le comédien dans
les pattes pas contre
        les encre noir eux

 son au taf ok allés on ira.

CHAPITRE 2   CALIN

GROUHM ALLOR LES 3 P'TIT DIABLES

comment ça va hein

oui je vous emmène dans
votre nouvelles chambre
                    oui l'ancienne et en
                          travaux on refait toutes
                                les peinture
du 2ème
étage allés allor p'tit
                diable numéro 2 toi
                      tu va dormir ici en
                            plus tu et entourés

des 2 DIALETE 1 a
gauche et 1 a droits
les 2 p'tit diable numéro 1
                  et 3 vous allés dormir
                        avec les DIALETE cul-nu
                                comme
d'habitude
pas contre on vous prévien

 moi et BASTIEN dormont

a coté donc pas de
comédie p'tit diable
numéro 2 tu et prévenu
les numéro 9 les 4 dorme
                  aussie entre les lits
                        des DIALETES Allés

les gars je vous les
laisse je suis à côté

et les p'tit diables ici
c'est 18 h le dîner et
les VITAMINES c'est 17h35
allés a tous ta l'heure

CHAPITRE 3 DÉJEUNE
Allée debout les p'tit
diables et oui ici le
déjeuner c'est au lit
mais pas pour tout le monde

AYYYYY MAMAN MAMAN

ALLEZ dans mes bras p'tit comédien

MAMAN MAMAN

sa le suppositoire c'est
vraiment 1 truc que
tu ne supporte pas

MAMAN

OUI tous les matin
                    suppositoire mais
                        le soirs c'est gro calin

MAMAN AY AY AY HUM HUM HUM

allés discréditer le jacobin.
Les p'tit diables numéro 1

et 3 vous c'est 2 suppositoires
et l'interdiction de

manger des

bonbon vous
s'être en surpoid sévère
.
AYYYY AYYYYY HUM HUM HUM

allée dans nos bras les p'tit.OU
LA vous s'être vraiment en sur

 poid vous mangé trop de bonbon

MAMAN MAMAN

Non les p'tit diables utilisé

vaux jambes vous s'être beaucoup trop lourds

MAMAN MAMIE PAPA HUM HUM HUM

Allés entrée dans le jacousie

le 2ème suppositoires c'est à midi

 pour tous les 3

MAMAN MAMIE PAPA.

(4 SEMAINES PLUS TARD)

Je veux rentrer j'en ai
marre laissez moi entrer
                            chez moi.(NON)
tu et en vacance allé serrez-moi

(HUM HUM HUM chut chut)

 je sais ça fait 4 semaines
ils ne sont pas venus
vous récupérez.

(MAMAN MAMAN STOP)

les gars tenéz

(MAMAN CHUT)

Calmez vous mes chérie
PAPY et MAMIE vienne
vous avez reçu GHROUM
ils sont partie.OK a plus.

CHAPITRE 4 ARRIVÉE À LA MONTAGNE DE LA MORT

POUR LES P TIT DIABLE
NUMÉRO 1 ET 2 CHUT CHUT

Allée venez la les p'tit
diables numéro 1 et 3
on sait vous reste finalement
que 2 semaines mais

c'est pas grave

(MAMAN MAMAN PAS)

vous allez pas faires des comedie
hein sur tous que cette nuit
vous dormez avec nous 2 en
plus vous n'aurez plus
de suppositoires et de fessée
pas contre pour les VITAMINES
ça sera avec FUSION.

PENDANT CE TEMPS LA CHAMBRE DES PARENT LE
RET

(HAAAAAAA AHHHHHHHHHHH CHUT CHUT)

tu va réveiller les bébés

(MAMAN PAPA)

allée reste dans mes bras
                mais à 15 h tu va étre
                        gardé pas grand numéro 4

et grand numéro 8 oui
ils font de garder jusqu à
21 h mais pas tous les jours

 tu comprend bien que LK
                ai besoin de se reposer

régulièrement et puis

tu   et

plus grand aujourd'hui
hein mais t'en fait pas
ça va durer 4 ans
le temps que les p'tit
filles prenez de l'autonomie
je sais que tu et hyper
sensible mais on n'a pas le choix

(MAMAN)

Tien grand numéro 8 tu peu
le prendre je les récupère
dans 3 semaines normalement
LK devrais aller mieux on
espère que ça ira mieux on
na hâte de
retourner travailler
et de savoirs les p'tit
diables à temps partiels.
OK ALLEE direction la
plage du fozo et
oui p'tit
diable numéro 2 tu
va retrouver tes coussins à la plage.

CHAPITRE 5 BAIGNARD EN PLEINS MOIS DE NOVEMBRE

Allez va rejoindre tes coussin

oui tu peu aller a l'eau
oui ton change ressemble
          a 1 mailliot de plage, je
              revient vous récupéré

verts 17h30 à tous ta l'heure

(4 heures plus tard)

ALLEZ LES GARS c'est l'heure
d'aller prendre vaux collation
et dans 2h c'est le dîner
sauf pour p'tit diable
numéro 2 lui il mange avant
vous et ces VITAMINES
sont a 18h30 allés vous
préparé et vaux devoir
doit être terminé à 18h30.

CHAPITRE 6 MONTAGNE DE LA MORT

les p'tit diables Bonne
nouvelle vous resté 2 jours de plus

BRAS DE FER

et ANUBIS

vous allez pouvoir vous

amassé plus longtemp
hein les p'tit diables et
oui vous avez au moin
des suppositoires et des fessées

avec ANUBIS et BRAS DE FER.

MAIS NON cette après-midi

 vous allez jouer avec
les autres enfants et ce
                    soir ont appelé vaux parent

  en visio-conférence
comme sa ont va pouvoir
rencontré vaux p'tit soeurs

(MAMAN)

allée dans mes bras
je sais ce sont des beaux
salopard pendant 5 ans
vous passée d'une
équipe a l'autres l'avantage
c'est que vous allez voyager
                    OUI vous aurez toujours
                                        des
suppositoires et
                    des fessées sa ont
                              continu à vous
faires

des calins et des suppositoires
et des fessées oui on

sais c'est grâce à vaux
pouvoir de guérir sont
mais dit-nous vous

avez pas vu depuis
1 moment le controll

des lavés noirs d'ailleurs

les encre noirs dois
aussie passée au
contrôle.MOLEQUE
tu me reçois.OUI je t'envois
les encre noirs je te
prévient ils sont super
énervé depuis hier je

te les amène en
personne.Les p'tit diables 1

et 3 vous restez sur le lit.
A FUSION allés les encre

noirs OUVRES la
bouche sauf
le grand encre noirs
toi c'est sur mes
genoux.MOLEQUE
TU peu mettre les

glaciers au niveaux des

cuisse des p'tit diables
1 et 3 et encre noirs

   s'il te plais

PAS DE PROBLÈME

.AAHH WOUAH
 c'est quoi
ces saloperie de laves
C'est simple les encrenoirs
et les p'tit diables 1 et 3

 n'ont pas de sang mais
de l'encre noir a la place
ils ya des micro laves
qui vivres dans l'encre
noir mais voila on et
en retard pour la grande
            révision aussie bien

   sur les p'tit diables 1 et
                        3 et les encre noirs
                                    d'où le
fait qu'ils
ont des violentes crises de colère.

CHAPITRE 7   p'tit diable numero 2

GHROUM

 vient la p'tit
diable numéro 2 allée
prend tes VITAMINE

AAAAAAAAAAHHHH

Voilà ça sort dans moin de 4 minutes
tu va rejoindre tes frères
dans la source d'eau chaude.
                    FUSSION ta besoin d'aide

   TU peu rester ANUBIS
                    numéro 4 vous récupéré

 aujourd'hui toi et tes frères .

(MAMAN HUM HUM MAMAN)

ARG AY allé sur mes genoux
coup de chance sa c'est
                    arrêté en tous cas

  celle la ti échappe pas

(PAF PAF PAF PAF MAMAN
MAMAN MAMAN ahhhhh
ahhhhhhh PAF PAF PAF
PÄF PAF PAF)

Allée colle toi contre le mur
 tu ne bouge pas vilain

   p'tit diable numéro 2

(MAMAN AAA AAA MAMAN)

OO tu ne bouge pas en
tous cas ta pas de
chance on et 2 contre toi
Mudoume

GHROUM OU

la vache ta pris cher
tu permet HIM HIM
ta ton p'tit diables numéro 2
bien en larmes sur les genoux d'anubis
(OK) sa tombe bien on
devais o moin en récupéré
1 SEB va être content
il va pouvoir dormir avec

1 des p'tit diable certe
nuit en plus le plus
capricieux.O putain ta
dc la chance p'tit
diable numéro 2 j'ai

sur moi la résine pour

réparé tes dents

(MAMAN AAA AAA MAMAN)

VOILA comme neuf bouge pas
2 minutes les gars vous

pouvez le tenir pas de problème

CHAPITRE 8   punition du p tit diable numero 2

GHROUM MAMAN CHUT

arrête de faire du bruits

  hein si tu réveils des soeurs

 la sa va étre la grosse
                    fessée certe.ANUBIS

  ta donné 1 correction
vu l'état ou tu a mis sa
main je comprend que

  tu ai les féssée super

 rouge non tu reste
dans mes bras et la c'est

(MAMAN MAMAN)

discrétion le canapé je

   te tient jusqu'à que.

SÉBASTIEN LE RET rentre du taf

(MAMAN)

Oui je vais m'occuper

   de te mettre de la
créme pas contre cette
nuit tu dors avec moi
avec des couches ta

   pas le droits d'allée

    a la plage du fozo

ou de jouer au raspberry

pie sauf le pie 400 qui
et 1 grosse DAUBE mais

tu reste sur mes genoux

 a partir de 16 heure

couches jusqu'à lundi.

FUSION passe dimanche

pour lever ta punition

CHAPITRE 9 rejet de revenir dans l'équipe LE RET

GHROUM PAS ils sont ou
les p'tit diables numéro 1
et 3.ILS ne font pas revenir.

Vous s'étre grand-père et

LK et grand-mère PARDON

sa c'est 1 mauvaise blague.

STOP on les a placé

pendant 5 ans dans les

autres équipes au moin

ils sont su remonter la

pente je t'interdit de

gachés leurs vie de père

Y Compris toi SÉBASTIEN LE RET

ils vous reste que

p'tit diable numéro 2

et grand encre noir.
OUI LK p'tit diable

numéro 2 va dans

les bras de .FUSION
tu a 1 truc a lui demandé

OUI c'est pour que

je t'enlève ta punition

(MAMAN MAMAN A)

si tu fais la comédie tu
reste punir mais d'ailleurs

j'ai.GHROUM Désolé grand

encre noir tien voila p'tit
diable numéro 2 je te
laisse décider si il et
encore punir ou pas

ET oui 5 ans que grand

ENCRE NOIR s'occuppe

de lui

chapitre 10   plage du fozo

ALLEZ les gars vous allez
a la plage du fozo vous
faite attention ils ya pas
                    mal de monde dont

 pas de bêtise et p'tit
 diable tu te tien a
  carreaux allé vous revenez vert
19 h o pire je vien
vous récupérez a tous
ta l'heure mes chérie.

BON les voila enfin partie
                LK et à la plage

de saint-pierre-quiberon

ok donc ils ne font pas

 la dérangé j'espère sur tous

 que LK va prendre 1 peu

de responsabilité cette
fois pas question
qu'ont

DRINK tien 1 message
des p'tit diables numéro 1

et 3 WOUHA 1 vidéo et

des photos ils sont

pas chômé en tous

 cas bravo a eux 4 les jumeaux

encre noirs doit se régalé
pour les grosse prise de

VITAMINES heureusement

que les jumeaux ENCRENOIR

 arrive à les stabiliser

apparemment c'est les femmes

des p'tit diables C'est drole

 SOS On iva PROBLÈME DANS

LES COUPLES DES P TIT

DIABLES NUMÉRO 1 ET 3
GROUHM merde vous
faites hum hum hum ONT

tombe a pic a apparemment.

HEUREUSEMENT que vous

 être super rapide pour répondre

 ils sont devenu super violent

depuis avant-d'hier ils
 ne voulais pas qu'on

vous envois 1 message

 ils sont devenu très violent
ils ya moin de 12 seconde
HUM MUDOUME tu peu
entrée pas leurs anus OK
ou la c'est énorme HIM HIM HIM

Voilà c'est soigné ou la
les encre noirs vous passée

aussie a la casserols HUM
HUM HUM SÉBASTIEN LE RET

tu peu passée pas leurs
bouche j'ai du mal a évacué

ces merde de laves adultes

je pense qu'on va devoir prendre

des responsabilité plus
sévère concernant

les prises de médicament

concernant les 2 jumeaux

ENCRE NOIR et les 2

p'tit
diables ENCRE NOIR MUDOUME

je pense que les stabilisateur
devrait être injecté en intraveineuse .

 je pense sur tous demandé

a l'équipe de FUSION de

 s'occuper de ces intra
veineuse bon je retourne

 travaillé dans la nouvelles

prison.PARDON OUI on

na ouvert enfin 1 service

pour les prisonnier

bien sur c'est pire
que la prison.

chapitre 11   PLAGE DU FOZO

AVEC LE GOÛTE ET PLAGE DE SAINT-PIERRE-
QUIBERON
surveillé   avec le goûter OU la
comme il ya du monde ici a

voila les filles Alor les filles

l'eau et borne super père

 ou et tonton.MUDOUME il

et au fozo il s'occupe de

grand encre noir et p'tit
diable numéro 2 et moi
je m'occupe de vous les filles

 allor et ce que vous avez

 trouvé des chose rare sur
la plage.NON hélas mais

que les gens sont mal
élevés pire que au fozo.
A fait savoir au fozo ce
sont les algues et les
odeur ici ce sont les
gents je vous ai déjà

dit que si sa vous gène
on retourne au fozo
rejoindre encre noir
et p'tit diable numéro 2 .

CHAPITRE 12 JEUX DE SOCIÉTÉ

ALLEZ les gars debout
NON pas de fessées
ou des suppositoires aujourd'hui
ce sera jeux de société et
oui o moin 1 fois dans l'année

vous avez le droit
de souffles et de passée

a autre chose bon

alor les cartes ou
les dé bien entendu
p'tit diable numéro 2
pas de couche de
La journée est tranquille .
JE vais préparé
le petit déjeuner

vous allez vous installer
SEB tu reste avec
eux j'arrive dans 5 minutes

montre en mains

allez les gars mérité vous
en place bien aujourd'hui

p'tit diable numéro 2 pas

de suppositoire mais

des gro calin bien entendu
tu reste cul-nu toutes

la journée

LK et vaux soeurs
son au taf dans l'autre

batimment.ET puis

de toutes façons tu reste
assie sur nos genoux
Allée vient sur mes
genoux oui tu va étre
toute la journée sur
nos genous même pour
la sieste de 15h à 17h30

oui avec le

vent on ne peut même
pas allée a la plage
grand ENCRENOIR tu
et pas obligé de le
gardés sur tes genoux

tous la matinée.OUI père .

CHAPITRE 13   raclettes avec les filles

NON p'tit diable numéro 2

 tu reste dans la salle

de dourche grand ENCRE NOIR

tu peu me remplacer
s'il te plait OUI mère .

(MAMAN MAMAN)(MAMAN MAMAN)

ARRETE p'tit diable numéro 2

je ne céderais pas
a tes comédie ALLÉE

ouvre la bouche tu ne
bouge pas la glacières
et en place

HOUM HOUM HOUM

Voilà ça sort continu pas de comédie

LES filles vous pouvé venir
m'aidé a préparé les

entrée et les frites
pour la raclette.SEB

va pas tarder a arriver avec les

(AHHH MAMAN MAMAN)

O la je tombe a pie
allée grand encre noir.NON
TONTON je ne te laisserais
pas faires et puis
c'est fini les glacières

sont pleines et oui

pendant 5 ans je me
suis entraîné avec
p'tit diable

numéro 2
je n'ai plus besoin de
ta présence

GHROUM

ghroum je te laisse préparé
je vais aidé MUDOUME

(MAMAN MAMAN NON)

vient la OU LA té lourds

(MAMAN)

oui on sait t'aime
pas passé a la pesé
à 16h mais ce soir
c'est raclette dont
tu a tes médicalement beaucoup
plus tard.

(MAMAN)

Pas contre je vais vérifié

 que tu ne planque
rien dans ta porsche
ventral allée direction
la chambre.TONTON
ooo j'arrive.

2 heures plus tard

(MAMAN) aller assis toi
sur mes genoux
(HUM HUM MAMAN)
arrête la comédie personne
ne te crois alors arrête.
VOILÀ HUM HUM tu vois
c'est fini pas contre tu
a rien dans ta poches ventral

aller reprend toi

(MAMAN NON NON NON
NON MAMAN

NON CHUT)

reprend toi allée reprend
toi couche toi voila
non tu reste sur mes
genoux été prévenu 1
crisse et c'est directement

au lit que tu va voila

 pourquoi je t'ai mis

coté de moi ALLEE
reprend tes esprit
et mouche toi encore

CHAPITRE 14 CONSTIPATION

HUM p'tit diable numéro 2
allée direction la dourches

allée

 MAMAN MAMAN

 allée rentre à l'intérieur tu te

calme c'est pas grave

MAMAN

MAMAN

hé regard moi sa peu arrivée
a n'importe qui ok allée respire
tu te calme

MAMAN

MAMAN

 D'accord prend la
serviette allée

(MAMAN)

Je ne comprends

PAS CEUX .
est MOI qui demande
allée enfile le peignoir
et arrête des comedi tous

 sa pour que je pass le
plus de temps avec

toi tu pourrais au moin

faire 1 effort avec MUDOUME
ou SEB LE RET
IL a detresse a
ce point là.OUI il
a la maladie de l'enfant
rejeté c'est d'une maladie

mortelle il fait tout pour

qu'on s'occupe de lui
y compris sur lui même et

les tentative de

suicides font
partie du lots et quand je
lui dit non je suis obligé

de le coller contre le mur

et être derrière lui
  en permanence sinon

  il se mutile il a fait

sa
premiére mutilation 3 mois

après avoir été placé

dans l'équipe PALAUD
pas de chance je

ne travaille pas ce
  jour la je lui ai collé

1 déculottée.

CHAPITRE 15   ECHEC PALAUD

Bastien OUI.Alor tu
serais pas a qu'elle
heure p'tit diable numero 2
arrive.Normalement à
11h mais dit-moi ta
l'air d'être paniqué
c'est pas la première fois qu'on le
garde.OUI mais la on

n'a pas les jumeaux

encre noirs ou le grand
encrenoir pour le maîtriser

quant il et en crisse

super violent.PAS faux
mais je ne pense pas
qu'ont ai besoin de

 l'aide D'ailleurs j'ai

retrouve ces papiers

dans le grenier tu serais
pas hasard qui
et MARGUERITE PALAUD

la maman de JOSEPH PALAUD

je sais on na aucune
photo qui a survécu

a la suite de son décès

je trouve que c'est 1 énorme

 échec PALAUD HUM
je valide mais dit-moi
comment se fait t'ils

que je tombe justement
sur ces document sur
tous maintenant simplement

 en passant le balais dans

le grenier d'ailleurs lui
il a 1 tête qui.STOP

 c'est notre arrière-grand-père

il c'est prit 1 grenade

dans la tronche il est mort

super jeune 6 mois après

les armistices de la Seconde Guerre mondiale.

CHAPITRE 16 ARRIVE DE P'TIT DIABLE NUMERO 2

EU à quoi il GHROUM HOP
allé vien la p'tit diable
numéro 2 hum c'est bien
cette fois ci MUDOUME
et SÉBASTIEN LE RET on

prévu dès rechange supplémentaire

et d'ailleur tu et

encore punir et

oui
on et au courant attention
MUDOUME nous a

autorisé a de renvoyé vers lui

MAMAN NON

tien regarde

VOILÀ

pas de comédie allée
discrétion la piscine et
en plus les JUMEAUX DIALECTES
font

bientôt rentrée des cours
dont tu va pouvoir
jouer avec eux

attention
pas de relation INTIME avec
eu uniquement en
présence de MUDOUME

hum dont ne fait pas

ton charme au DIALETES
ils ont prévenu ALLÉE

dans la piscine HUM
OUI MUDOUME a dit
que tu fais trop de
bêtises en ce moment
et oui on est au courant
de toutes tes bêtises hein.

CHAPITRE 17 4 ANS PLUS TARD

GHROUM BOUM BOUM Mais
je rêve allez debout les
p'tit diables numéro 1 et 3

 ils me semble qu'on vous

a déjà dit de ne pas vous
téléporté en 2 fois mais 4 fois

certe ça prend

plus de
temps mais o moin vous
s arrivée beaucoup moin vite

 et en bon état pas oui

 vous s'étre encore très sales

 SÉBASTIEN LE RET va
être fou de rage

il vient
tout juste de finir ces
machine allée dans mes
bras pas contre discrétion

 la piscine pas oui ils faut
bien vous laver 1 fois de
temps en temps en tous

cas vous avez pris des
couleurs et vous avez perdu
tu pois.PAS oui père c'est

numéro 4 la fille de MADELEINE PALAUD

pas contre tonton KERIVEN
lui ils nous a appris à

parler
créole et c'est super compliqués
ils parle tellement vite

l'avantage c'est qu'on comprend
ce qui raconte mais ils
sont
chiant bon ils s'aime
pas aller faires les course dont

on les a téléporté dont en 2 mois
on n'a pas fait les

courses.ON
voulais aller faires les course

sauf que tout est écrit en réunionais

dont c'est 1 peu compliqué.

ALLÉE dans la piscine aver p'tit

diable numéro 2 vous passée

a la vidange après

pas de
comédie ou sa va chauffés
et si vous en venez à mains la
ça va être plus douloureux je

 vous le dis donc attention allée
on vous laisse 15 minutes et

je vous prévien les glacières

parte chez LK donc attention

a la qualité à
tout a l'heures
OUI PAPA Allo p'tit frères
comment sa c'est passée
pendant qu'on était à la réunion.

PAS bien ils ne m'ont pas
fait beaucoup de EXAMIN INTIMES

 malgrés tous mes comédie
et en plus ils sont partie en
déplacemment.ET les lousti

de l'équipe 2 ont fumer
mais c'est leurs faute il
devait me surveiller et

on fumait.
PAS graves par contre nous
on na pas u 1 seuils relation

 INTIME les parent font pas

être content en plus on
n'a pas eu le droit de

MAIS comment avez
jouer vous
produit des laves noirs pas

ont a mangé pas mal de poisson

et fruit et légumes p'tit diable

numéro 1 mais tu ne mange

pas de fruits et

toi p'tit
diable numéro 3 les parent
on jamais réussir a te

faire manger des légumes.
OUI p'tit frère mais à la
réunion sa

cuit pendant plus de 2 plomb
MAIS on la sentir passer
AU DERNIER EXAMEN INTIMES

ont a été malade les 2 dernier
jours.ALLEZ les gars
sortez pas contre on vous
      PRÉVIENT vous partez
2 semaines dans les bulles
en plastiques dans la
salle aseptiques vaux
dernier bilan de santé
sont pas bon tous les 3
LK vous attend

CHAPITRE 6 sieste sur la plage du fozo

GROUHM allés les 3 p'tit diables
comme a l'ancien
temps vous joué sur la plage et arrêté
d'être collé à nous
allée joué allée ou
suppositoire VOLUME et
les voilà partie bon on va
être tranquille pour 1 bon
moment en tous cas PLOUFF
c'est dur de prendre de l'âge.MAIS
arrête de te plaindre on
bosse dans notre clinique

médical on ne bosse pas

 pour 1 ou plusieurs patron
alor arrete de raler
et puis profite pour 1 fois

que nous sommes en
famille enfin presque il et
vrais que les équipe JUMEAUX MALÉFIQUE

et les 2 JUMEAUX BOSSEUX
enfin ils sont là

après-demain.PERE
question comment vous faite

pour le travaille je veux
dire.T'en Fais pas pour ça
on bosse à partir de 4 h
du matin jusqu'à 12h

c'est le marie de numéro 4

la fille de MADELEINE PALAUD
qui nous a conseillé ça

pas tous les jours
certains jour c'est continuelle

oui malheureusement on

est obligé de faires ça sinon

on est en infraction et puis

ça fait du bien

de passer
1 peu de temps aver
certain partis d'autres
sont très désagréable ils

 y en a pleins qui déteste
les hôpitaux on les comprend

pas contre 1 fois j'en ai
interné 1 fermme elle
était en pleines santé mais

elle voulait se faires remarqué
elle a fini en UNITÉ

POUR
MALADE DIFFICILE et depuis

elle est pas revenu

je pense qu'elle a compris
la leçon mais o moin elle
ne recommencera pas de sitôt.

CHAPITRE 7 COSTUME SUR LA PLAGE DU FOZO

ALLEE debout les 3 p'tit diables
allée bon aujourd'hui on
retourne a la plage mais
avec des costumes et oui

vous allez être déguisée
pas oui ils faut vous amuser
1 peu allée resté cul-nu
ce ne pas 1 problème par contre on
vous prévien pas
de crise de colère

GHROUM MAMAN

 il fait un peu froid. Allée
assieds toi pas oui il fait froid
vous

ne vouliez pas porté
1 pyjama en plus on reste
toutes la journée a la plage

ça va on j'ai amené tous les costume

et puis ça vous fait du bien
de sortie tu manoir et sa

 change de vous voires
hors de vaux piscine
intérieur
  extérieur MAMAN a 1 rang

allée reste assise sur mes
genoux en tout cas t'abuse
franchement tu pourrais

faires 1 effort 1 fois de temp

en temps hein p'tit diable
numéro 1 a sa change
        c'est vrais que les dernier

EXAMEN INTIMES étais pas
très productive mais
bon ou moins c'est fait.

JE VEUX MAMAN MAMAN MAMAN

Regard devant au lieu
de s'énerver c'est bien
tu demande lorsqu'elle
est devant.ALLEE vien
dans mes bras mon chérie

en tous cas il y a des progrés tu a

1 pantalon ça change
normalement tu et cul-nu.MAMAN

  CHUT tu de calme p'tit
diable numéro 1 en plus
vous avez pas encore déjeuné
allée p'tit diable numéro 1
enfile le haut du costume

 voila la c'est mieux pas

contre je te préviens
d' arrêter la comédie sinon
tu supposes. OUI MAMAN.

CHAPITRE 8 dimanche

OUFF allée les 3 p'tit
diables bonne nouvelles
on et dimanche dont
vous avez le droit de
ne rien faire on n'a même

 mis l'abonnement SUR le
tout nouveau uniquement

 réservé à ceux qui regarde

la télévision que 1 fois pas mois et oui on et
les mauvais élève on paye la tva
sur la télévision qu'ont
regardé 1 fois par mois ou moins
elle ne fait pas de bruit et
elle ne consomme quasiment
rien elle est pas branché
maintenant elle et branchés
pas contre les 3 p'tit diables vous
resté cul-nu et oui on dois vous
faire passer des examens assez douloureux.

SA FAIT MAL RESPIRES les 3 p'tit diables
BEURK BEURK et 1 qui se vide PLOUFFFF

 et de 2 TIENT p'tit diable numéro 2 PLUFF

AYYYYYYY AYYYYYYYYY

Bande de comédien on vous connais pas coeur

ça va on vous connais maintenant

MAMAN PAPA TONTON

allez venez dans
nos bras enfin allés respirer
heureusement qu'on a tout prévu

bon les p'tit diables resté

avec nous et oui ont a tout préparé
tous et dans le frigo y compris

 les savon et les gants lavage
a la machine allée calmé

  vous pas contre vous
reste sur nos genoux.

MAMAN NON AYYYYYY

NON Voilà c'est passée

respire p'tit diable numéro 1

MAMAN RESTE calme les
numéro 2 et 3 en tous cas

AYYYYYYYY chuuuuut

voilà c'est fini ils ya plus
de médicament vous
allée pouvoire repré pas

contre on vous prévient

MAMAN CHUUUT

STOP STOP NON J EN AI MARRE

STOP MERDE AAAAA Respirés

les p'tit diables c'est fini
Respiré.Vous tombé bien équipé
ENCRE NOIRS RESPIRES les
3 p'tit diables on vien passée
la journée avec vous

MAMAN MAMAN MAMAN

Respirer ne bougé pas
et si vous avez envie
de larche pris allée ci.

dont.ALLEE ci téléporté vous
sur place vous pouvez rester
 à la plage sur ca 19h allée
 a tous ta l'heure.PENDANT
ce temps chez MADELEINE
 PALAUD LES 3 p'tit diables allée
 sur le canapé pas de comédie
 par contre on vous prévient ce
soir vous dormez avez vaux 9
 autres frères dont pas de comédie
ou de mauvais coup sûr tous que
vaut parent son au courant.ET en
 plus vous avez été vidé hier soir
donc pas de comédie. L autre
équipe PALAUD arrive dans moin
 de 4 heures et vaux parent arrive
à 18h30 avec des surprise pour vous
j'espère que je peu vous faites
 confiance et que vous allez vous
 tenir à carreaux allée a la dourche
 tous les 3 je vous prévient vous
 passée tous les 3

GHROUM

il et partie ou p'tit
 diable numéro 2 allée

à la douches les p'tit
diables numéro 1 et 3 LK
tu me reçois OUI p'tit diable
numéro 2 c'est téléporté
je ne sais pas ou il et ok

CHAPITRE 12 CRISE DE COLÈRE SALLEE I

MUDOUME tu va avec SEB LE RET
chez MADELEINE PALAUD les
jumeaux ENCRENOIR vous

allées avec vos parents p'tit
diables numéro 2 et partie
pas téléportation je n'arrive
a localisé ou il se
trouve exactement.
IL doit être en crisse
la dernière crise
il s'était téléporté
JE l'ai SEB TOI et moi
uniquement les
autres chez MADELEINES PALAUD

 ormie grand ENCRENOIR
GHROUM IL exactement

il et dans le finistère

GHROUM

GHROUM

allo p'tit diable
numéro 2 tu t'enfuis sans
prendre tes cadeaux d'anniversaire

MAMAN MAMAN MAMAN MAMAN

Allée vien dans mes bras en tous

cas à l'avenir

vient directement
dans la maison évite d'aller
trop loin certe il ya pas mal
de place ici mais quand
      même pensé au moin a allée

a 1 endroit qui te rassure
et qui et pas trop loin

composition de couverture C O U D RIN

DÉPÔT LÉGAL 17 OCTOBRE 2 0 2 2

www.ingramcontent.com/pod-product-compliance
Lightning Source LLC
LaVergne TN
LVHW010704200726

843507LV00011B/2008